손우석의 시선 ②
아스팔트 위의 퇴행 일기

시집을 내면서

십여 년 전에 「순수문학」지 추천으로 등단을 하고 시집도 한 권 내긴 했으나 자신을 시인이라고 여겨본 적이 별로 없었다.

워낙 늦된 걸음이다보니 아니 그만큼 좋은 세상을 각박하게 헤쳐 오다보니 순수한 시심(詩心) 같은 것을 일궈낼 여유랄까 그런 게 부재했던 탓이리라.

전쟁 통에서 미군 지프차를 따라가며 "헬로! 헬로! 초꼬레또 기브미!"를 외치며 시작된 유년기를 거쳐 어느새 백발이 되고만 지금까지 그냥 그렇게 살아오면서 그저 어릴 때 조금 칭찬받기도 했던 글쓰기를 간헐적으로 지속해온 것이다.

그러던 것이 4년 전 이 나라 제18대 여성 대통령이 큰 잘못도 없는 채 탄핵이 되고 구속, 재판이란 무늬만 법인 폭

력에 핍박당하는 것을 목도하게 되면서부터 내 안에 있는 무형의 것,

예를 들어 사랑이나 미움 같은 거… 기억이나 불안, 안타까움, 분노와 환희, 억울함이나 연민 그리고 서러움 같은 것들이 엉망으로 헝클어져 버렸다.

그러니 늘그막에 전원 속에 유유자적하며 살아온 인생을 반추하거나 관조해 보는 시심 같은 게 일 리 없었다.

함에도, 용기나 정의감을 가다듬어 보기는커녕 하다못해 제대로 화를 낼 줄도 모르게 퇴화되어 주름에 짓무른 눈만이 금간 거울 속에 떠올라 자신의 비열한 몰골을 한심하다는 듯 물끄러미 쳐다보고 있는 것이다.

퇴행(退行: regression)이란 말이 있다. 감당할 수 없는 현실 앞에서 자신의 무능이나 비겁함을 차마 인정해버릴 수는 없는 것이기에, 스스로를 아무것도 할 수 없는 어린아이로 여기고 실제 그렇게 되어가는 현상을 일컫는 심리학 용어라고 한다.

요사이 그 퇴행열차를 타고 모든 것에 눈귀를 막고 깊이 침잠해가는 자신을 본다.

그런 혼돈 속에서 군홧발에 밟힌 지렁이가 꿈틀해보는

심정으로 다시 글을 쓴다.

　이 졸고(拙稿)들이 나 자신이나 이 걸 봐주실 분들께 어떤 무슨으로 읽히게 될지 모르겠다…

　퇴락하고 퇴행할 양이면 철저하게 무너져 내린 후 정말 말 못하는 아기가 되어 모든 것들 한 번 웃어준 다음, 다시 걸음마를 배워 이 이상하게 되어버린 나라에 조그만 흔적이 나마 남기고 갈 수 있기만을 염원해 보는 것이다.

　부족한 시에 대한 예리한 시해설을 해주신 이창봉 교수님(중앙대 예술대학원)에게 감사를 드린다. 격려에 힘입어 나의 시세계를 조금은 풍요롭게 일구어 나가야 하리라.

2021. 5. 2
손우석

차례

02

Q3

04

序詩 · 나쁜 이년을 보내며

사랑도 미움도,
머나먼 길에 고운님을 여의고 강가에 퍼질러 앉아 울던
단장의 서러움도
평생 거역만 해오던 어미의 유언대로 어미 몸을
냇가에 묻고 비 내리면 슬피 울던 청개구리의
우스꽝스런 비창(悲唱)도
다 마스크에 덮혀 갔습니다

온 세상이 경찰 버스 산성에, 지그재그 폴리스라인
가두리에 갇혀 꼼짝달싹 못하는 사이
잘난 척 하는 못난 者들
착한 척 하는 나쁜 者들
혁명이란 잘난 이름으로 온 나라를 제 세상으로
만들려는 者들이
양떼목장에 들어선 늑대처럼 날뛰어 댔습니다

처음부터 비겁하게 오랜 침묵을 고수해온 양의
우두머리들은 그들보다 더 이기의 침 흘리고
때를 묻혀 순백의 옷을 입지 못한 회색동물이 되고
동네방네 그것도 소식이랍시고 요설을 전해오던
언론 까마귀들은 탁월한 눈치로 증오와 찬사를
선택하여 퍼뜨리며 레밍 쥐떼들의 조그만 뇌를
깨끗이 씻어 주었습니다.
그런 어둠의 시간 속에서
나는 겁 많은 가장(家長) 쥐였어요
무서운 놈들을 바로 지켜보지 못하고
등 돌려 구석지에 숨어 제 새끼들만 품고
있었더랬습니다

나 같은 쥐새끼들은 다섯 마리 이상 모이면
잡아먹히는 중국 왕관 코로나 율법에 막혀
점점이 떨어져 작은 흑점이 되고 마는
이 비열한 시대

아! 그러나 시간은 쉬지 않고 흘러주어
세월이 되더니
시간이 간만큼 악마의 명줄도

늘대들의 이빨도 쇠해 가고
이 역겨웠던 시간들
이 나쁜 년도 오늘로서 그 명이 다할지니

나 오늘은 밤새 잠들지 아니하고
지난 4년 그 참담하고 억울하고 서글프기만 하나
아무것도 이뤄내지 못한 무능과 무지 겁 많고
비열했던 시간을 실컷 목 놓아 통곡한 다음

밝아오는 새해, 결코 서두르지 않고 뚜벅이며
다가오는 흰 소 등에라도 올라타 보려 함이니

내 비록 눈에 잘 띄지도 않을 레밍 쥐에 지나지 않으나…
아무리 작은 존재일지라도 끝 간 데 없이 늘어서
서서히 꿈틀대면 잘난 척, 착한 척, 자신은 무어라도 다
해낼 수 있는 척해온 저들에겐
끔찍한 공포로 다가갈 수도 있음을 내 아노니

이 밤을 실컷 운 다음…
냇가에 어미를 묻고 통곡하는 청개구리
구석에 몰려 바들대던 새끼 딸린 쥐

덥혀지는 냄비 속 유영을 즐기다 반쯤 죽어가는 개구리
강남땅엔 가보지도 못하고 죽을 가재, 붕어, 미꾸라지
다 불러 모아 아직도 침묵하는 회색 양들의 수염이라도
물고 늘어져 한 번 크게 울게 하고 나서

이제 곧 밝아올 신축(辛丑)년 새해에는
튼실한 백우(白牛) 등에 올라 실컷 꼽추 춤이라도
추어보아야 하겠다는 것입니다

여러분 새해 복 많이 받으세요!

01

시계 콜로세움 안의 사투

숨는 다는 것이 시계 속으로
기어들어오고 말았소
백색 광장에는 숫자들이 드문드문
시커먼 진압 특공대처럼 서서
모두를 지배하고 있었소

깃발 하나 플래카드 하나 없이
칼 빼앗긴 검투사 신세로
시계바늘에 쫓겨 달아나던 중
누군가 한 맺힌 여인 울음소리에
뒤돌아보다가 그만
바늘에 눈을 찔려 쓰러지고 말았소

허나 눈보라 속에서도 펄럭이던 태극기
목청이 터져라 탄핵무효를 외치던 날의

아픈 삽화조각들이
피눈물 속에서도 흐리게나마 떠올라 주는
것이어서 그리 아프지는 않았소

그래도 비정하게 흘러가는 시간 가는 소리는
비겁한 뇌수를 얇게 살라미 발라 놓고는
소리장단 맞춰 내 몸과 맘을
도마질 해대었소

이제 서서히 죽어가는 것이나
아직은 때때로 움찔거리는 순간에도
얼핏 얼핏 기억의 편린(片鱗)들이
퍼즐 맞춰지기도 하는 것이어서
아주 짧은 짜릿함을 주기도 하는 것이어서
검은 진압경찰 군홧발을 움켜쥐고서라도
다시 일어나 보려하오

무정하게 흐르는 시간과
쉬지 않고 째깍대는 초침소리와
우리의 소식은 절대 전해주지 않는 뉴스와
눈물겨운 싸움을 시작함으로서

이리도 비현실적인

시계 속 콜로세움 안에서라도

언젠가는 반드시 찾아 오고야말

그 봄을 그리며

만신창이 이 몸으로나마

우리의 봄맞이 준비를 해두려는 것이오.

희망 아니면 사랑 또는 너

쉬이 끊이지 않고 이어지는
이 암울한 날들에
보일 듯이 보일 듯이 보이지 않는
나올 듯이 나올 듯이 나오지 않았던
그래도 분명 실존해 주어야만 하는
그것은

얼어붙은 달그림자 아래 웅크린 거지 깡통에
땡그랑 떨어져 꿈처럼 돌아가던 은화

얇은 등 뒤에 감추고 빼앗기지 않으려고
기를 쓰다 치마 단이 찢겨나간
가난한 아이의 바비 인형

겨울을 싣고 가는 달구지 한쪽 구석

처형을 감지한 돼지 목에 걸어준
진주목걸이

용케 벗겨지지 않은 분장에
스스로 질려버린 개
그 발에 신겨준 꽃 신

또는
육시를 할 도둑놈이 훔쳐와
차지도 팔아먹지도 못할
물방울 다이어

그래서…
울지도 못할 아픔이나 병
또는 깊어가는 겨울 밤
또 하나의 죽음 같은

온통 먹물 같은 저 너머에서도
끝내 귀여운 새 알처럼
서서히 붉게 솟아오르고야 말.

성난 얼굴로 돌아다보라

진정 화를 내 본 적이 있었던가?
성난 군중 속에 휩쓸려 허공에 맴돌다 스러지는
구호를 따라할 때 말고
저 혼자 흐려지는 정의나 진실을 찾기라도
할 양으로 몹시 화난 얼굴을 한 적이 있는가

한 번 쯤이라도
잔망스런 속내로 지은 장난감 만한
너의 성곽에서
쪼잔한 배역하나 제대로 소화해 내지 못했던
너의 히스토리에 대해 화를 내본 적은 있는가

어디서나 어느 때나 나서지 못하고
쉽게 도망만 치다가 더 작아진 자신에게
미안한 마음을 더하여

아무 계산 없이 나오는 대로
하고 싶었고 하고 싶은 대로
박박 찢거나 패 죽일 듯 솟구치는 화를
저들을 향해
몸짓한 적이 있기는 한가?

이제는 한번 성난 얼굴로 돌아다보라!
너 슬픈 오브제(objet).

홍점을 위한 찬가

새파란 면도날로 밤의 등허리를 내리 그으면
점점이 피어오르는 붉은 촛불

오래된 뒤안길 붉은 형광등 아래
소년의 동정을 앗아간 빨간 속치마 속
빨간 패티큐어를 떠올리는 불량 시민에게
하루 속히 붉은 이념을 저버린 너의
원죄를 깨달아 최고 존엄께 사함을 받고
경배하라는 적색(赤色) 경고등

삼지 사방에 널린 이 홍점(紅點)들은
어디를 가지 말라는, 어디에 멈춰서라는
슬픈 유혹을 무섭게 흩뿌리는가!

질질 끄는 고무 슬리퍼 발길에 다시 벌어진

밤의 살갗마다
철 지난 적폐청산을 외치며
자본주의 타도를 부르짖으며
핏방울처럼 점점이 피어오르는 붉은 촛불

애써 접어둔 양들의 분노를 점화시키는
핏빛 비수

한가해진 대보름

그 나이에 아스팔트가 웬 말이냐는 잔소리
잦아들고, 못 온다는 자식들 빼고 둘이서
오곡밥 해먹고 나니 할 일이 없습니다

숟가락 포개지듯이
빈처(貧妻)의 그것만은 커다란 엉덩이에
그것만은 볼록한 내 아랫배를 꼭 갖다 붙이고

사랑해 당신을 정말로 사아랑해―
흥얼거리니

그래도 키득거려주는 앞섶
그 허전한 공간에
둥근 달빛만 가득 차는 것이어서

부부사랑은커녕

나도 몰래 스르르 달빛 머금고

애처럼 잠이 드는 것입니다.

겨울 비 우산 속

그리 큰 죄도 없는 몇몇의 목숨을
거두어 가면서도
어김없이 가로수 검은 줄기에
은행잎 새 싹을 피워내던 잔인한 봄

가뭄으로 들끓는 아스팔트에서
쩍쩍 갈라진 가슴으로
제대로 화낼 줄도 모르면서
분노하곤 하던 여름

뚝뚝 나뭇잎을 떨굼으로서
속절없이 흘러간 세월 속
아릿한 회한을 일궈내던 가을

뭐 그런 것들…

다 지나간 이 길 황량한 겨울마당에
비 같은 게 조금 내린다

줄기찬 빗소리도 아니고
그냥 누군가의 마른 가슴을 치듯
투득- 툭 –
급히 사 든 비닐우산 위에
허망하게 떨어지는 소리
드문 드문

다 빼앗고도 더 가져가려는
저들만의 시간 속
되새기기 싫은 기억의 멱살을
잡아 끌어다가
흑싸리 껍데기처럼 패대기치는

겨울 부슬비
드문 드문.

악마의 자기 연민

이젠 서로 멀어져버린
같은 류(類)의 악마에게라도
만져지고 싶거나 만지고 싶어지는 밤

우스꽝스레 걸쳐왔던
옷가지, 플래카드, 깃발 다
찢어 내던지고
그리도 벗어나고 싶었던 제 껍데기를
복제하는 밤

쉽게 그려지지 않는 사랑이란 개념보다
그저 우러나오는 붉은 색 충동 또는
타나토스(thanatos:죽음의 본능)

놈의 살을 물어 뜯듯이

제 살을 한 움큼 베어 물어 피를 보던지
실핏줄 얼비치는 속살을
놈의 내장 후비듯 부비 대고 하는 이것은

이 비열한 시대에 여기 이렇게
혼자만 남아 있기에는 너무나 억울하여
시작한 옹졸하기만 한 거사로서
곱게 포장된 죽음을 향해가는 비탈길에서
어쩌면 애절하게도
어쩌면 아름답게도
어쩌면 비장하게도
보일 수 있는

그런 눈물 속에 꽃 피는
악마의 자기 연민 그림이라는 것이다.

그런 모자 하나

절망과 체념으로 헐벗은 사념(思念)을 덮어주고
만 번을 패한 자의 부끄러운 얼굴 가려 줄

고개 숙이면
벌게진 눈자위는 깊이 감추고
눈물자국 가난한 턱 언저리 만
언뜻 보여줄

아주 무거워서
죄업(罪業)의 고개 절대 치켜들지 못 할

아주 가벼워서
깡통 pc처럼 빈 머리에 날개로 돋아
모가지 통째로 연처럼 날려 보내 줄

그런 모자 하나
슬픈 정치 피에로가 쓰다 버린 거라도
주워다 쓸 수 있게 해 주신다면…

나 당신
나보다 훨씬 더 몹쓸 놈의 행운도
한 번 쯤은
못 본 척 해줄 수도 있겠소이다.

서글픈 되풀이 질

넓적한 제 등을 깔고 자빠져 뒤집어 보겠다고
자꾸만 닿지도 않을 땅을 치는
노린재의 가는 뒷다리

잘 못 찾아든 유리컵에 떨어져 기어나가 보겠다고
자꾸만 미끄러지는 유리를 긁는
딱정벌레의 메마른 발톱

어린이집 급식 수저에서 떨어지곤 하는 오뎅조각을
자꾸만 주워 밥 위에 올려놓곤 하는
유아의 단풍잎 손

결혼식 참석 길 급히 꺼내 입은 나들이 옷 주름을
자꾸만 손바닥으로 쓸어 펴 내리는
빈처의 주름 진 손

제 맘대로 다 빼앗아간 놈들 보기 역겨워
자꾸만 가운데 손가락을 곧추 세워 내질러 보는
앙상한 팔목.

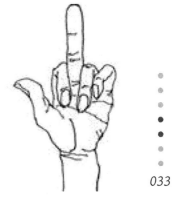

만나고픈 사람

이뤄낸 일 하나 없이
몇 년을 보내고 나서
언제 없어져도 이상하지 않게 된 지금 쯤
이런 사람 하나 만나고 싶다

비겁한 내 속내를 까발리려 하지 않고
가까스로 꿰매둔 흠집
터뜨리려 들지 않는 사람
내 기억 저편 무의식의 침대에
다리 꼬고 섹시하게 기대 있다가
모두들 떠나 버린 광장 한구석에서
나 외로워 할 때 아무렇지도 않게
제 몸 열어주는 사람

아스팔트를 굴러온 계란처럼

나 금간 채 아무데나 널브러져 있으면
가만히 무릎 디밀어 베게 받쳐주는 사람

땅에 처박힌 시소 한 켠에
나 조그맣게 되어 있을 때
힘겹게 저 편에 기어올라 조금은
비스듬하게라도 추어 올려주는 사람

그런 사람 애당초 있지도 않을 양이면

아프지도 무섭지도 않게
나를 죽일 수 있는 사람.

외눈박이 금붕어의 헤엄질

금간 천정 틈새로 오욕의 빗물 스며
구정물 가득찬 방에서
한 쪽 눈알 빠지고 온통 피멍든 몸으로도
끈질기게 살아남아

다 빼앗긴 절망의 수조 안
분노 후에 찾아드는 슬픈 수용을 배웠는지
죽은 듯 산 듯, 도사인 듯
불거진 눈일망정 핏발 세우지 않고
숨 끊어진 후에야 배 뒤집는 금붕어의 철학

아직 살아 있음을 증거 하기 위해서라면
정치선동이나 요설 일삼는 놈들을 다 때려
죽이던지 무슨 지랄발광을 해도 좋으련만
악법 한조문도 어기지 않으려는 비겁한 조신함

물결 한 점 흐트러뜨리지 않으려는
하늘거림의 서글픈 미학

당신도 모르시나요?
우리 같은 놈도 잘 할 수 있을 것 같은
오른 쪽 외눈박이 금붕어의 헤엄질을.

처형단상 1

얼룩진 여름이 가을 지나 겨울로 가고
핏방울로 흘러내린 시간 어디 쯤
우리 있던 곳이나 우리 있는 곳에서
자판 두드리듯 꺼지고 되살아나는 분노
그리고 범의(犯意)

칠 벗겨진 거울 속
마주 바라다보는 속눈썹의 자디잔 떨림이나
불안과 무서움에 마취된 뇌세포의 경련
죄업의 껍데기가 형장의 이슬로 사라지는 일이
도미노로 무너져 완성되는 한 순간

결코 끈적이지 않는 눈길로
끔직한 이별을 준비하면서
뇌리 깊숙이 숨어 꼼틀대는 미련 같은

무죄(無罪) 조각들을 퍼즐 맞추어 가면

이 아무것도 아닐 밤 한 자락도
과거로 가고 미는 순간 열치를 디는기?

오줌싸개 연대기

기차만 타면 오줌 마려운 걸 보면
그 추웠던 피난 열차, 기저귀에 돋친 얼음이
울며 내쳐 지리는 오줌으로 녹다 얼다 했었나보다

유아시절 기저귀는
함진 애비 멜빵으로 만든 거 같다
이 나이에도 등짐하나 울러 메고
훌쩍 떠나고만 싶은 걸 보면

좀 커서는 미제 초콜릿 얼굴에 처바르고
동네방네 고추 흔들며 뛰어 다녔을 거야
벌써 당뇨에 젖어 후들거리는 오줌발을 보면

다 커서는 터질 것 같은 방광 부여안고
어딘가 공중변소 앞에 줄서서 기다려왔었나 보다

탄핵무효를 외치며 따라 걷는 길에서도
그녀와 나의 아픔보다 먼저
경찰 이동식 화장실부터 찾는 걸 보면

뜨뜻하게 젖어오는 흑백 필름을 뒤적이노라니
오늘 아침 밥상머리에서 마누라가
이젠 당신 기저귀를 차셔야겠단다.

언제나 피사체

언제나
쇼윈도 그 투명한 불안 속에서
전시 되면서 보여 지면서

언제나
채증(採證) 카메라 들이댄 대화경찰 아저씨
앞에 놓여 지면서 찍히면서

언제나
그만 깜박 잊고 CCTV 정면에서
개 같은 성정을 들어내다 말고

언제나
지친다리 끌고 돌아와 시체처럼 늘어진 후에도
엄마 젖을 찾는 몸짓으로

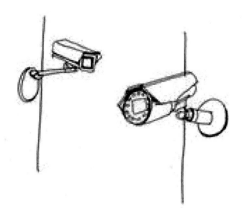

주름진 손 내밀어 휘더듬음으로써

언제나
어디서나 구경꺼리가 되고 마는

언제나 피사체.

어딘가 좀 편한 데로 숨기

째깍대면서 흔들리면서
초침은 여기저기 쿡쿡 찔러대며 돈다
찔린 허공에서, 찔린 마음에서
핏물이 점점이 떨어진다

본분을 잊고 할 일도, 해선 안 될 짓도 모르는
놈들 득실대는 이 비열한 거리에도
어미 등에 독아(毒牙)를 박아 넣는 살모사나
구름같이 모여서도 우스꽝스런 침묵을 고수하는
때 묻은 양떼 득실거리는 이 시궁창 속에서도

초침은 쉬지 않고 돌아가며 깨끗이 세뇌되고 있는
조그만 뇌리(腦裏)를 찔러댄다

시간 따라 피가 흐른다

굵어진 핏방울을 피해 아기가 된다
조숙아를 감쌌던 솜이불 속으로 파고든다

얏얏가거 임을 위한 행진곡이건 다 지위버리고
조금은 편해진 세상을
눈 감아 다시 한 번 접고

스스로 폐한다.

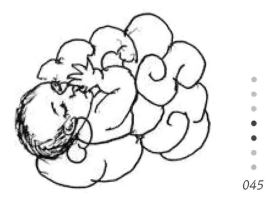

어둠 벌레의 마지막 연가

모든 걸 다 가져가고 만 저들의 횡포 난무하는
시간 속에서
점점 짙어만 가는 남색 어둠 속에서
그래도 너를 위한답시고 배를 갈라
붉은 꽃 한 송이 피워 올리고
이렇게 꾸물대는 것이다

질주해오는 경찰 헤드라이트가 무섭긴 하나
그래도 그 아래선
언제나 혼자였던 날 업거나 이끌어주던
네 푸른 그림자가 피어나 좋다

그것은 또 이 어두운 길 저만치에는
아직 네가 거기 그렇게 있다는 증거일지니

차바퀴에 깔려 한 점 점액이 될지라도
핏빛 꽃 한 송이 입에 물어 처연한 미소
만들어 달고

옷이건 마음이건 다 빼앗긴 알몸이 되어
누에처럼 이 길 기어가는 것이다.

아프게 새겨지지 않아 틀린 것

잘 못 기억하고 있는지도 모른다
맘 속 여기저기 긁힌 자국이 생긴 까닭을
다 놈들이 떠들어대는 뉴스 때문이다

잘 못 알고 있는지도 모른다
서있는 그 자리가 자신의 자리라고
정말 아파보지 않아 그럴 터이다

잘 못 바라고 있는지도 모른다
한 이십년 더 이대로 그럭저럭 살고 싶다지만
저들의 증오와 집요한 복수심을 모르는 탓이다

잘 못 적고 있는지도 모른다
이 모든 것이

어느 날 어느 때 저 모진 놈들 탓에
오뉴월에 서리 맺힌 그녀의 한(恨)이
어떤 날벼락을 내려
민들레 홀씨나 햇살 받은 뱀파이어처럼

이유도 흔적도 없이 산산이 흩어져 버릴지도
모른다고 적어야 하는 것을…

02

續 도둑일기

몇 년째 아스팔트에 입고 나서곤 하던 코트를
세탁소에 맡겼습니다
깨끗해진 메이드인 차이나 버버리 허리춤에
바코드가 붙어 왔습니다

32 22 3 9 22 1 2
내 수배번호인 것 같아 흠칫합니다

한여름 나를 입고 살아 움직이던
속내와 죄상은 벤젠 냄새에 지워지고

굵고 가는 막대기 줄 표시와 숫자 몇으로
다시 이름 지어집니다

그 꼬리표가 아스팔트에서 나대던 틀딱이 아니라

(틀딱 : 틀니 딱딱대며 애국가 부르는 늙은이)
어느 먼 별나라 목동이었다는
생산지 표지라면 좋겠습니다

다치기 쉬운 아이니 조심해서 다루라는
주의표시여도 좋고
그러나 절대 사실 그대로
다급하고 결정적인 순간엔 도망친 놈이라고
적혀 있어선 안 되지요

마음이 좀 진정되고 나면
시치미 뗀 얼굴로 바코드 숫자를
조립하여 복권이나 사볼까 합니다

요행 맞아 준다면
이젠 정말 아무것도 훔치지 않으렵니다
신문도 TV뉴스도 보지 아니하고
아는 척도 잘난 척도 않겠습니다

쳐 죽일 놈도 쳐 죽이지 아니하고
사랑도 미움도 다 애써 잊어버린 다음

이제 그만
아스팔트 유랑 길에서 벗어나
당신과 함께 천국으로 가기 위한
긴 사다리를 살 겁니다.

續. 가을밤 죽음 같은 너를 그리며

도대체 몇 번째인가 기억도 가물가물한
여름 끝자락에서
촛농처럼 흘러내린 눈물 땀만큼이나
헐렁해진 심신

시린 마음 사립문 틈새로 슬며시
가을이 스며들면
텅 비인 눈동자에
조각낸 달그림자 새겨 넣고

홑이불 속 휴지처럼 구겨진 여름
같이 있어 그나마 든든했던 양(羊) 무리들
정치 서슬에 휘말려 흩어지고 난 뒤
홀로 남은 비참함에 우는 밤

무너진 진영(陣營) 담벼락 뒤에
구멍 난 보릿자루처럼 무너져 앉아
날개 찢긴 매미의 단말마 모습으로

너를 그린다.

정물화 2

통행금지 된 아스팔트 신작로 한 쪽
기다리는 이 아무도 없는 정류장 벤치에
청동 조각상처럼 혼자 놓여진 사내

찢긴 깃발 플래카드 조각 몇몇이
사내 옆에 무의미의 점을 찍는다

금간 기타 같은 어깨 뒤로
어릴 적 듣던 밤 열차 기적소리가
천상의 음조 띤 이명으로 찾아들고

어느새 어둑해진 하늘에
붉지 않고 하얀 조각달이라도 뜨면

애써 떠올린 사랑의 희미한 자취도

허기진 어깨도
뺨 위에 남은 눈물자국도
그냥 까맣기만 한 어둠에 스며들어

다
붉은 먹지에 악마의 손톱으로 긁어 그린
정물화가 되고 만다.

사립문을 들추는 손

수 삼년 비바람에 때 묻고 축 늘어진 채
창문틀에 걸쳐져 소리 없이 울던 깃발이
조금 전 파충류처럼 살아나
스르르 떨어져 흘러 내려오는 것이오

그 꼴을 지켜보는 휑한 내 눈알도
떨어지는 깃발 따라
허기진 뱃속으로 미끄러져 내리는 듯 하오

다 망해버릴 징조인가 죽을 조짐인가 하여
오들오들 떨며 지켜보고 있으려니
찢긴 깃발 모서리가 창틈에 끼어
헉헉대며 간신히 매달려 있는 것이오

추락을 면한 기(旗)의 기적에

얼마 남지 않았을 내 삶의 운세도
따라 요행수를 얻을 듯
크게 안도하고는
그제야 자두지 않아도 될 잠을 청하오

내 허름한 사립문을 들추고
그 놈이 힐끗 들여다 본 것 같소.

석화(石化) 시대

지난 시기 잔인했던 봄여름가을겨울 지나
광장 한 쪽 구석
헤진 맘 갈기 흐트러져 머문 곳에
아무렇게나 내던져져 굴러 앉은 돌을 본다

첨엔 꽤 날카롭고 모났었음직 한데
여기저기 닳고 닳아 휘둥그레진 돌

돌아보니 온통 돌투성이 돌밭임을 알았네

눈곱만한 보석을 캐기 위해
그럴듯한 명분을 대기 위해
산 같았던 바위가 찍혀 무너져 내리고
바스러져버린 모난 돌들

눈물 짜내던 최루탄 내음 깊게 배어
늙어간 장돌
분노와 복수를 담고 다른 편의 머리통을
내리찍고 붉게 물든 돌
누군가의 잘린 모가지를 닮은 돌

내 머리도 굴러 떨어졌다
그래 내 차라리 돌이 되리라

떨어진 머리통은 비겁하게 웃으며
낯선 돌 틈에 섞인다

이 돌들도 네 편 내편이 있을건가?

한없이 작게 움츠려들고 마나
그래도 금세라도 어루만지며
말 걸어 줄 듯한
엄마 얼굴을 꼭 빼 닮은
순한 돌에게서
눈을 떼지 못하고

그대로 같이
돌이 된다.

반 쯤 죽은 오브제(objet) 들

귀퉁이가 떨어져 나간 술상 위에서
숟가락 등짝으로 수없이 두들겨 맞은
주전자에는
술 취한 소야곡이나 양양가나
임을 위한 행진곡 같은 울림들이
멍처럼 서려있고

아직 한 잔은 더 남아있는 막걸리 위에
원을 그리며 떠다니는 나방이
자장면 말라붙은 그릇 밑바닥에서 조금씩
꿈틀대는 애벌레

멀리 반 쯤 죽은 회색 코끼리처럼 누운
구치소 각 방마다
수인 번호 가슴에 매단 채

억지 꿈을 꾸는 이들

살아있는 게 산 게 아니다

자기 있던 곳, 있을 곳이 아닌 곳에
내던져져 그저 그렇게 있다한 들
언제 어느 곳에서 눈비바람 모진 풍상
다 맞으며 겪어왔을 그것들이
거기 그렇게 있다 하여
그렇게 다 반쯤 죽은 모습으로
존재의 의미를 노래하는 건 아닐 것이다

그 것들 틈에 나 역시
반 만 살아있는 반인(半人)이 되어
슬며시 끼어든다

나 아직 죽지 않았다고
외쳐대고 싶은 나도
그 들 반쯤 죽은 오브제들 사이에서
또 하나 무의미의 점을 찍을 뿐이다

술맛 떨어지니 정치이야기 하지 말자던 놈
하지 말라는 이유가 뭐냐고 대들던 놈
정치인 미투(me too) 이야기에 낄낄대던
몇몇은 쓰러져 자는 건지 죽은 건지…

다 찌그러진 주전자 밑 전단지에
술에 눈물에 젖어 흐려진 글씨 몇 줄

"…를 당장 석방하라!"

빠삐용

할아버지 빠삐용이 뭐야?
　　응. 누명을 쓰고 오래 동안 감옥에 갇혔다가
　　탈출한 사람이야

누명이 뭐야?
　　죄를 짓지 않았는데 죄를 진 거처럼 된 게
　　누명을 쓴 거야
왜?
　　누가 그 사람을 미워했거나 정치에 써먹으려고
　　했거나 아니면 그냥 꼴이 보기 싫었거나…

뭐 그런 게 다 있어?
　　그러게…. 그런 나쁜 사람들도 있긴 하단다

할아버진 빠삐용이 좋아?

응

나도, 왜냐면 내가 좋아하는 아이스케키 중에
빠삐코가 있거든
　　하하하 그렇구나

근데 할아버진 빠삐용이 왜 좋아?
　　으응…. 그냥. 그냥 좋아.

촛불을 밝혀 들 때

어두워졌다 해도
누군가 네게 붉은 촛불 밝히라 해도
아직은 불 켜들지 말아라

네 마음의 드라큘라 성 지하실 어두운 곳에서
촛불이라도 밝혀들 때는
어둠을 밝히려는 손짓의 이유와 그 의미를 깨달은
후에나 할 것이다

그런 연후에야
단숨에 어릴 적으로 달음질쳐가
어미한테 사람답게 사는 법을 다시 배우거나

찬이슬 봄바람 싸락눈 같은 세파에 부대껴왔기
때문이란 핑계로나마

여기저기 그을린 모습 까 보이는 게
더 이상 쪽 팔리지 않게 되었을 때

몸 속 어딘가에 조금은 남아있을
어렸던 시절의 불씨를 발라내어
불 밝히러 가는 손짓에
가난하기만 했어도 너 만을 위하던
어미의 마음을 담아

희멀건 중국산 양초가 아닌
순백의 국산 밀랍으로 된 양초 심지에
조용히 불붙이는 것이다

너덜너덜 지저분해진 윤곽을
가려주는 어둠 보다는
까맣게 탄 채 설익어서 더 영악해진
속내부터 까밝히기 위하여

그리하여 이번엔
그리 되고 만 너를 위하여

너 스스로 자유로워지기 위하여.

악마의 유희(遊戱)

예를 들면
오욕에 물들어 발기한 이목구비를
돈과 권세로 불려 오동통해진 가랑이 속
악마의 심연에 담가버리고

동그라니 오려 낸 시간 고리에
무섭도록 키워낸 욕념자루를 끼워 넣고
짐승 울음처럼 섬뜩한 신음을
피 흘리는 의사당 벽 위에 쳐 발라라

지하 벙커 녹 쓴 철문 닫히는 소리를
귀담아 듣고, 천사가 문을 걸어 잠글 때
무섭다고 눈 감지 말고

혁명이고 정치고 지랄이고 몸에 맞지도 않는

누더기 다 벗어 던진 연후
식어버린 사랑 위에 몸 실어라

반 쯤 잠겨 흘러가는 전단지 종이 배
그 위에 일그러진 욕정을 포대기 깔고
가라앉을 듯 말 듯 젖은 채 둥실 떠가라

사랑대신 쳐 죽이고 싶은 미움을
네 잘난 온몸에 흠뻑 받으며.

비오는 날의 추회(追懷)

아스팔트 위
봄비 맞으며 가부좌로 앉은
눈언저리에 피는 물안개
반백의 정수리에서 흘러내려
훔칠수록 살아나는 아픈 기억들

비에 젖으면
울지도 못하고 혼자 떠난 임 자취 따라
광화문이나 대한문 근처 어디쯤에서
우리 다 춥고 외로울 땐
이리저리 기웃기웃
몇 남지 않은 동류(同流)의 눈망울을
서로 찾곤 했더랬습니다

임은 가고 이 봄도 또 그렇게 가고
폴리스 라인 철책 사이로

흥건한 여름이 밀려오면

외로움도 달아나는 장맛비 속에서
이리 몰리고 저리 갇혀
잡혀가기 좋게 4열종대로
무릎 꿇린 채
CCTV 로 채증(採證) 당하면서

벌렁대는 새 가슴 부여안고
핏방울 피어나는 웅덩이만
물끄러미 내려다보고 있어도

임과 같이한 봄비의 추억은 남아
아련한 그림 한 장 그려놓고
갑니다.

박제된 사랑 노래

벌레 먹은 심장을
서걱 잘라 바친 자리에
눈물 젖은 솜 틀어박고
십자가에 못 박히듯 벌려진 날개
임의 모습 그려야할 공간을
부릅뜨고 바라보다 구슬로 굳어져
눈물 짜내려 해도 감기지 않는 눈알

움켜 쥔 미련에 피멍이 들도록
발톱은 제 살을 파고들었거니와
황량한 아스팔트 위 낙엽에 묻혀
색 바랜 추억 하나 빼버리면
그 또한 허공 한번 헤집고 말 일

임 떠난 자리에 금하나 그어 놓고

날아간 흔적 찾아 외로 꼰 목줄
끝도 안날 기다림에 굳어간 것을…

놈들 대신 제 살을 뜯어 먹고
흘린 피 제 몸에 발라
스스로 박제가 되어버린
늙은 새를 아시나요?

내 마음의 거미줄

불심검문을 피해 처마 밑 그늘 구석에
숨어 살다 보니
검댕 묻은 고독 속에서 떨고 살다보니
무당거미가 되어버린 듯하다

인 두껍을 쓴 거미 한 마리
허공에 고착

애지중지해온 나비 한 마리 다 먹고
구멍 난 집도 철거당해 버린 후
이젠 실을 뽑지 못하는 꽁무니에
먼지 묻은 외술을 날고 징지
가사상태

내 마음의 금간 보석 상자
그 한 구석에도
반 토막 난 악마를 매단 거미줄이 하나
드리워져 있다

맘 속 바람이 일리도 없는데 자꾸
가늘게 흐느낀다
먼지투성이 기억 속에서.

목화(木化) 경위서

덜 씹은 껌처럼 늘러 붙어 떨어지지 않는 기억
촛불에 그슬리며 깨진 머리에서 피를 쏟던
또, 또 지고 말아 주저 앉아버리고 말던
뭐 그런 류의 참담하기만 한 기억들

굳이 흘러간 시간 누더기를 헤집다가
눈물 젖은 아스팔트에 뿌리가 내렸다
표정 잃은 허전한 심사에는 목피가 덮이더니
그만 나무가 되었다

올무에 걸린 사슴의 간절한 시선에
사방 거미줄 같은 그것들에 옥조인 채
쉽게 죽지도 못하는 나무

새끼들 뒷바라지 끝에 십년 와병 욕창 꽃 피운

어미 등껍질을 벗겨 작은 북 하나 만들어
우듬지에 매달아 놓고도
북소리 한번 제대로 내지 못하고

뻔뻔스레 찾아든 뻐꾸기 형제를 위해
무성한 가지를 다 내주고 마는

빌어먹을 가시나무.

사화(死花)의 노래

하얗다는 이유만으로 바람 부는 들판에
서지 못하고
목 매 죽은 정치꾼 상갓집에 전시되었던
나는 백국(白菊)인데

국향(菊香) 대신 선향(線香) 냄새를 몸에 담고
비록 망자 그늘에서 죽음의 상징이 되어
권불십년 인생무상을 노래해 오기는 했으나
그래도 꽃인데…

발 밑 허전하여 내려다보니 여기는
꽃밭도 의사당도 아닌 천 길 낭떠러지임이니

아니 어이하여 도무지 왜 벌써 그 좋은 무대에서
떨어져가야 한단 말인가

찰라 같이 짧은 낙화의 시간을 빌어
지나쳐온 무슨 잘못을 어찌 빌어야 하는가?

땅에 띨어져 붉은 늑대 발톱에 짓밟히기 전에
마지막 남길 꽃말이라도
금세 지워지지 않고 애잔하게 퍼질 향기라도
그러나 꽃은 간단히 떨어지고 만다

확– 다가오는 개.

떨어지는 게 꽃비라 치고

꽃비라고 썼지만
다 빼앗기고 난 뜰에 그 좋은 게
비처럼 내릴 리도 없겠거니와

비열한 세월의 쓰레기라도 꽃잎 모양으로
지금처럼 불안에 찌든 머리 위에 내리면
꽃비로 알고 맞으리라

센 머리 주름진 이마 늘어진 눈꺼풀 위로
정치니 언론이니 하는 것들, 그 참을 수 없이
가벼운 것들이 한꺼번에 내리 앉는 무게를
이기지 못해 눈물이 비어져 나오더라도

아무도 보는 사람 없다면
옷가지 살 가지 다 벗어던지고

뼈 들어나 가난한 가슴 위에
그것만은 불룩한 아랫배 아래
잔뜩 쪼그라든 성기 위에
잠깐이나마 그 꽃비 내려주면

참았던 설움을 사정하듯
패배의 회한과 꺾인 기대와 비열한 욕망들을
저 노을 지는 하늘로 단번에
쏘아버려도 좋으리라.

뒤늦게 새겨지는 좌표

목마른 바람이나 욕념이
머리칼 새로 흘러내려 방울 맺힌 흔적입니다

단두대 칼날 위에 진 녹으로 눌어붙어
좀체 지워지지 않는 집념입니다

사기그릇 안에 떨어져 자꾸 미끄러지기만 하는
딱정벌레의 꿈입니다

몇 십 년 벌게진 얼굴, 분장으로 감추고
후들거리는 다리 이 악물고 참아내며 버텨온
이 자리가 그랬다는 겁니다

그러니 이제 그만
초겨울 문풍지처럼 바들거리며 조바심해온

날들, 실 뭉치에 감아 비탈길에 굴려놓고

당신 앞에서는
때 묻은 옷을 홀랑 벗어야하겠습니다
쪼그라든 성기가 옴팡 드러날 지라도.

모두 다 그리움으로 남는다

소리 없는 울음에 젖은 눈동자라던가
그냥 웃어주던 쓸쓸한 입 가장이
또는 돌아서 가는 뒷모습 같은 거

다시는 잡을 수 없는
어미 저고리 고름에 대한 기억이나
미군 지프차를 따라가던 초콜릿에 관한 추억

가난한 쪽배로 고해를 건너오며 겪어온
사랑이야 비바람 풍랑 같은 거야 고하간에

나잇살 먹은 뒤 이제 깊이 가라앉은 눈으로
미소 속에 바라봐도 시원치 않을 시간들이

언론이란 것들의 비뚤어진 나팔소리 따라

구겨지고 피눈물 흘리고 비틀어지다 시궁창에
처박혀 비열한 시대가 되고

알 필요도 없는 정치이념에 적폐청산에 휘말려
이 나이에 그래선 안 되는 데모꾼이 되어
"아스팔트의 틀딱"이란 이름을 얻고 만

비가 오나 눈이 오나 바람 불거나
햇살 눈부신 날에도 강요된 분노로 인해
적지 않은 친인들이 내 곁을 떠나던
아니 내가 그들을 떠밀어 보내던 일들도

그런 아수라장 속에서나마
집회 모금함에 꼬깃꼬깃한 천 원짜리 두 장을
넣으며 아주 미안해하던 할머니의 주름진
손가락에 피어오르던 애환도

"이 몸이 죽어서 나라가 선다면 아아 이슬같이… "
따라하다 괜스레 목이 메고 그게 또 부끄러워
급히 올려다보던 저녁노을

개처럼 끌려가던 위정자들의 사진조각 들

그렇게 아픈 시간 속에 스쳐 지나간
아무 거라도

이젠
그리움일 수밖에 없다.

03

더 늦기 전에 떠나는 법

배창자 끊어진 악마의 신음소리 들리는
이 시간에도 아무거나 보여주면 된다 하오
가진 게 없으면 흔들다 찢긴 깃발조각이라도
세모꼴로 접어서 보여주면
저 회한의 강 건너갈 차표를 한 장 내준다 하오

나라를 위해서 그랬다니… 그 노래 말마따나
풀잎 끝 이슬처럼 사라질 수도 있는 것
그러니 어서 차표 한 장 받아 들고 가라는 것
말없이 바람에 실려 떠나라는
… 말없음 표 위에 뜬 찬별의 손짓
나는 흰 손수건에 끝내 못다 한 넋두리와
그대에게 주고 갈 기억의 형해를 그리다 말고
혹시 있을지도 모를 별천지로 갈 짐을 싸오

닥아 올 봄에 기대 주저앉지 않고
더 늦어지기 전에 초라한 무대 위 쪼잔 한
배역에서도 끌려 내려지기 전에

한 줌 바람이 되기 위하여.

노회한 허수아비

종유석처럼 주렁주렁 늘어져 쓰잘 데 없이
늙어만 간 시간의 자궁들

게서 떨어져 내린 양과 늑대의 사생아들 틈에
둘러싸인 주름 가득한 지숙아

낭떠러지 끝 삐죽한 돌 위에 외발로 서서
너무 깨끗하게 씻겨나가 너덜너덜해진 뇌리를
바느질하며

악마를 내지른 크고 붉은 자궁을 피하기 위해
고독과 공포 속에 터져 나올듯한 울음을 깨물며
넘쳐흐를 듯한 눈물 꿀꺽 꿀꺽 삼켜가며

허수아비 쓰다 버린 모자 주워 머리에 얹고

자신은 그냥 서 있는 무생물이라고 떠들며
애써 퇴행열차에 몸 싣는

늙은 애기 허수아비.

늙어버린 시간

이놈의 시간은
먹을 만큼 먹은 나이를 끌고 가는 시간은

방울져 떨어지는 오줌에 젖어도
음울하게 번지는 눈물에 젖어도

결코 녹슬지 않는 침을 배꼽에 박아 넣고는
매일같이 온몸을 얇게 저며낸다
포를 뜬다

지우고 싶은 패배와 굴종, 비열했던 기억의
산더미는 제쳐두고

그나마 몇 안 되는 오르가즘의 기억을
추억입네 접어놓았던 빛바랜 필름을

봄을 기다리는 바람 한 가닥마저도

얇게 바르고 저며 대는 것이다

절대 절뚝이거나 쉬어가는 법 없이.

나는 이제 내게 묻지 않는다

햇수로 5년
광화문 차로를 사람들 틈에 끼어 걸었다
아주 많이 걸었었는데

다람쥐 쳇바퀴처럼 뫼비우스의 띠처럼
돌아보니 제자리였던 거
그 길에서 늙었다

도대체 너 몇 살이니?
지금 뭐하고 있는 거니?
언제 죽을 건데?

뭐 그런 따위 自問도 이젠 하지 않는다
못한다

나는 내게 묵비한다
말 못하는 아기가 된다

빗물 눈물 배어 불어터진 자화상을
잇몸으로 오래 씹어 삼킨다.

미망과 각성 사이에서

눈 감으면 가끔씩
봉황새가 잿더미에서 날아오르다가
허공에서 화르륵 불에 싸여 버리곤 했다

아악 –
제 것인지 봉황새 것인지 모를 비명이
뇌막에 깊은 골을 내며 스며든다

등에 비수를 맞고 털마저 뽑혀
피투성이가 된 혈 봉황은
타들어가면서도 귓속말로 속삭인다

나를 아니?
나를 죽였니?
내 몸에 처음 촛불 지른 게 너니?

이명으로 소리 잡은 울음소리를
밤새 듣다 소스라쳐 깨나서는
새삼 가슴을 치는 것이다

나 까맣게 타죽더라도
그 새만은 하늘 높이
날려 보냈어야 하는 것을.

녹 쓴 철문 앞에서

문의 의미는
열기 위해 닫아 두는 것

애절한 바람이나 매몰찬 발길질 없이도
그냥 버릇대로라도 밀거나 잡아 다니면
그냥 벌어져 열리고 만다는 것

그런데
벌써 몇 년 째 앞을 막아선 이놈의 철문은
도무지 꿈쩍할 기색이 없다

열린 후엔 다시 닫혀야하는
문의 개념 앞에서
열어젖힌 문 밖의 허망한 그림을 알면서도
절대 이놈의 붉은 문이

그냥은 열릴 일 없음을 알면서도

두 손 모아 문고리를 잡아가는
금간 희망 또는 강요된 관성.

깊이 잠들지 못하는 이유

자꾸 분하기만 한 것이다
그래서 저들에게 반쯤 씻긴 뇌를
제 손톱으로 자꾸 긁어대는 것이다

분한 것이다

이리도 트릿하게 나이 먹어 빛바랜 그림이

도망질치듯 달려온 아스팔트길에서
그 때 거기 그렇게 있었다는 증거 하나
챙겨오지 못한 것이

지금도 대충 가난한 채
적당히 겁먹은 채
이렇게 미적거리고 있는 것이

친했던 그 누구도 들어주지 않으려는 것이
나 아픈데… 물어봐 주지도 않는 것이

그런 분함이 지금도 제 몸뚱이를 들볶는 것이다

어제 밤처럼 그제 밤처럼
내일 밤처럼 모레 밤처럼.

노을 진 저녁 한 자락

꽃 한 송이 꽂은
크리스털 화병을 그린 것인데

금간 유리병에 플라스틱 조화가 그려짐은
손 맘 모두 이제 향기를 잃었음이리라

어설픈 향기 대신 곰팡이 꽃의 침잠으로
한 숨 끝자락 서둘러 말아 넣고

조그맣게 굳어간 헝겊인형이 되어
소꿉놀이하듯 저녁 상 차리는 빈처의 뒷모습

업어주고픈 저녁 한 자락.

그나마 행복

어느 한 순간
탈옥수를 쫓아 돌아가는 탐조등 아래
죽어라 도망 다니는 꾀죄죄한 그림자가 피어나고
넘어지고 서로 겹쳐지고 할 때

그림자는 본디 검어야 제격이므로
맘껏 더 어두워야 하는 그 곳 그 다급한 순간을 빌어

네게 들키지 않고도
네 그림자 위에 겹쳐
난생 처음 마음껏 널 안아볼 수도 있는
이 순간 장면도 따지고 보면

음산하게 돌아가는 탐조등 아래
잡히게끔 정해진 자의 떨리는 그림자가 갖는

또 다른 이름의 행운일지니…

가을 억새나 되어

우리 모두 외쳐야할 때 제대로 외친 적 없으니
보잘 것 없이 말라비틀어지고 말
가을 억새나 되었다 치고

지난날의 편린(片鱗)이 붉게 흐부끼는 바람 속에
무심히 부대끼며 수런거리는
그 때의 너와 꼭 닮아 헐벗고 가녀린 몸뚱이들

나는 그만 자빠져 누웠으되
너는 오뚝한 코 오연히 바람 마주하고 서 있거라
우수수 울어라

네가 울면 파삭한 육신 적셔 줄
몇 점 가랑비라도 흩뿌려 줄 터이니
가느단 목에 매달려 헝클어진 뇌리는

노을 담은 물방울로 눈부시게 빛나라

한바탕 행진 후 질펀했던 한여름 밤의 꿈
듬성하니 접혀 쓸쓸히 깊어가는 가을 밤

내 마음의 사립문 뒤편에 기대 울며
가을을 부르는 너.

구겨진 악보에 머물러

비뚤어진 오선지 위
아니지 그 아래 낮은음자리표에서
흰머리 이분음표로 가라앉아 있어도

그래 아직 다 지워지지는 말고
조금 만 더 그대로 그 황홀한 악보 위에
머물러 있고 싶다는 것이다

누가 알아
혹시 월광 소나타까지는 아니더라도
굳세어라 금순아! 같은 슬픈 유행가
끝난 후의 여운으로라도
읽힐 수 있지는 않을까 해서

오늘도 이렇게

반백의 체머리 흔들면서도

잠들지 않고

리듬타기를 기다리고 있다는 것이다.

고해로 흐르는 종이배

찬 비 내리는 겨울 밤
뉘 부르는 소리 난듯하여 뒤돌아보면

금세라도 맨홀로 빨려 들어갈 빗 물 위
가라앉을 듯 찢겨나갈 듯
수 백 번은 되 접혀진 종이배 위에

얼마 전까지만 해도 같이 있어주던
같이 아파해주던 이들 다
언제 어디로 가고
혼자 오도카니 놓인 제 모습이 보여
외로워지기 전에 우선 무섭기만 한데

인생은 본디 고해려니와
하수구에 떨어져 검은 수로를 맴돌더라도

언젠가는 양양한 바다를 향하겠기에

눈 딱 감고
그냥 여태 해왔던 그대로
뒤뚱거리며 흘러가고 보겠다는 것이다.

거꾸로 흘러드는 여울목

그 많은 시간과 기억들이 흘러 들어가는
머릿속 길목이나 맘 속 여울 어디쯤이
꽉 막혀있음이 분명하오

도무지 제대로 흐르지 못하고
가야할 길로 가지 못하는 것이오

금간 꽃병 안에서도 꽃이 만개하는 것은
생의 악다구니가 가녀린 꽃 핏줄 타고
꽃다운 끝을 향해 거침없이 흐르면서
자지러졌음 이려니와

긁힌 레코드판처럼 되돌이표만 찍어대는
이 증세는
아무래도 느리고 흐릿하게 번져가다가

더 가기 무서워 스스로 길 막아선
퇴행수작일 것이오

물이끼 가득한 시계바늘을 부여잡아 보겠다고
따라가며 맴돌면서
빛바랜 사연들을 하나하나 뒤적이면서.

양지 타령

지그재그 철책으로 틀어 막혀
어둑해진 풍경 한쪽 끄트머리에
웬일로 아직
밝은 금빛이 머물러 있습니다

어둔 밤이 와도 깨어 있을법한 그곳은
아주 작고 흔들리기 때문에
당신을 향한 숨결도 조심스럽습니다

이제부터라도 조심조심
거친 이념정치 세파에 휩쓸리지 않도록
사방 물막이 쌓고
금빛 물든 꿈 흐트러지지 않게
더 늦어지기 전에 꽃씨를 뿌릴 일입니다

그래도 위태롭고 안타깝기만 합니다

여기저기 두텁게 드리워진 검은 장막 틈새
가까스로 조금 고인 빗물에 얼비친
신기루 같은 우리의 양지는.

퇴행의 은하수 건너

아스팔트 행진 길에서 아무것도
줍지 못한 채 다시 기어들어와
쇠심줄 같은 인연 한 가닥 한 가닥을
녹 쓴 면도날로 정성껏 발라낸다

발가벗은 다음
벌레무늬 모포를 뒤집어쓰고
꿈결에서 보아둔 낭떠러지로
레밍 쥐떼를 따라 투신한다

모든 걸 차단한다
그래도 마스크는 벗지 못한다

눈 껌벅일 때 마다
지나쳐온 시간 조각들이

은하수처럼 부서져 깔린다
아무것도 되찾아 오지 못한 회한이
사금파리 되어
반쯤 세뇌된 뇌수를 쑤셔댄다

결국엔 보호색 모포로 다시 기어들어가
안을 거라곤 그거 밖에 없는
제 무릎 안아들고
퇴행의 그네를 탄다

요람 속 애기처럼
웃는다
웃어 보려고 한다
끝내 울어버린다.

겁쟁이 악마의 일일 삽화

그 존재자체도 불투명한 바이러스에 얽매어
철제 폴리스라인 안에 갇혀 앓느니
차라리 먼저 목매달아 죽는다면서
새끼줄 대신 목 쓸리지 않을 보드라운
비로드 끈을 찾아본다든지 하는 것

금간 거울 속에 비루하게 뜬 제 얼굴을
주먹으로 깨뜨리고 피투성이 주먹으로
눈 부비며 꺽꺽 울다가도
얼마 안가 다시 거울 조각 들여다보고
아무렇지도 않은 얼굴로 나서는 것

그래도 아직은 법대로 살아 보겠다면서
머릿속으로만 열 두어 명을 골라 패 죽인 다음
푸른 신호등 기다리고 섰다가 횡단보도 건너

사회적 거리두기 팔자걸음으로
밤 9시 이전 제 시간에 귀가하는 것

이제 우수 경칩 다 지났으니
그리 추울 리도 없는데 자꾸 춥다면서
제 무릎 끌어안고 동그마니 모로 누워
배내 잠을 청하는 것.

제대로 바라보는 법

눈만 성하다고 다 볼 수 있는 게 아니란 걸
알아채는 데 시간이 너무 걸린 듯하다

한쪽 편으로 삐뚤어지지 않게 보기 위해서는
뇌리 속 무너져 내린 층계를 다시 쌓고
갈비 틈 새 고통의 건반을
하나하나 제대로 짚어야 한다

욕망으로 충혈된 눈알을 빼고
잘 닦은 유리구슬을 박아 넣던지 하고
노욕에 늘어진 눈꺼풀은 아프게 까뒤집어
크고 순하고 맑게 뜨고 보아야 할 것이며

무엇보다 먼저
종일 짖어대는 정치 개 소리와

언론까마귀 떼의 요설에서 귀를 막고 나서
찬찬히 뚫어지게 지켜보아야 할 것이다

그리고
보고 나서의 실망 따위는
KF-94 마스크를 씌운 개나 처먹으라고
아무렇지도 않게
던져주어야 할 것이다.

작고 흔한 민들레 되기

정치 때 묻어서 더 추웠던 이 겨울이 가면
어디 이름 모를 황량한 들판 한구석지에
한 송이 민들레로 피리라

아무도 돌아보지 않는 그곳에
끝내 못다 한 이야기를 서글픈 싹으로 틔우고
버리지 못한 애련으로 조그만 꽃 하나
태워 올리리라

이 나이에
죽어라고 마스크는 벗지 못했으면서
뭐하나 구호대로 이뤄내지 못했으면서
꽃은 피워 뭐하랴마는

그래도 꽃은 꽃이 아니더냐

그래서 작고 흔한 민들레나 되겠다는 것이니

짧은 봄에 밀리어 떠나야만 한다면
꽃 죽었다가 다시 솜사탕 홀씨로 피어나
못 이룬 꿈 조각 하나 매달고

이제는 흔적조차 흐려진 내 임 찾아
아무데로나 슬쩍 떠오르면 그만인 것을.

行

할배 할매들
수 십 년 주름진 환희와 서러움을 안고
까맣게 깊기만 한 터널에 들어서
멀리 조그맣게 일렁이는 빛을 향해
마른 몸뚱이 헐렁한 환자복에 덜렁이며
구겨진 깃발과 찢긴 플래카드를 메고 간다

형제들
시간표대로 한 번씩 우르르
지하철 뱃속에서 쏟아져 나와서는
틀니 딱딱대는 아비어미들의 행진을 흘겨보다
하얀 KF-94 마스크로 입 가린 채
침묵해야하는 양떼의 율법으로 묵묵히 몰려간다

나
역시 따라가야 할 것 같아
마스크만 쓴 맨몸으로 빈손인 채
오래된 좌표를 버린다
역사가 되지 못한 시간 마다 균열(龜裂)이 엉켜
얼마 못가 유리인형처럼 부서져 내릴 것 같다

모두들
그래도 갈 길 간다
가랑잎 몇 장 부적처럼 뒤 따라간다.

그놈에겐 그저

잘 들지 않은 식칼로
정강이뼈에 붙은 힘줄을 잘라내어
함부로 나대지 못하게 할 것이며

매끄러운 혀는
손수건을 감아 가위질을 함으로써
더 이상 요설을 나불대지 못하게 하고

무엇보다 잊지 말고 잘라버려야 할 것은
덜렁대는 좆같은 기교

그래도 커다란 눈만은 온존케 하여
똑똑히 지켜보게 하여야 하다

그가 내뱉은 거짓부렁의 종말을.

04

시일야방성대곡(是日也放聲大哭), 외전(外傳)

정신 차리고 보니 깊고 좁아터진
우물 안이었더라
거기서 3년 세월 동안
누구도 들어주지 않는 피울음을 혼자
울었던 것이더라

눈물 흥건한 눈에 같이 울던
개구리 몇 마리가 얼비쳐 보였던 것을
그 수가 결코 적지 않은 줄만 알았더라
깊은 우물 벽에 부딪쳐 되돌아온 메아리를
그리운 이들의 목소리로 잘못 읽었더라
우물 밖 깨질 듯 밝은 하늘 아래엔
많은 민주 인민들이 내려다보며
더불어 박장대소를 하더라

사랑이 떠나가고
미래는 애당초 희망이 아닌
그냥 닥아 올 잔인한 시간이었을 뿐이더라

새빨간 피 고였다 흘러내려
텅 비인 눈을 이제 감노니…

민주개화 된 대한민국 사람들이여!
그만 웃어 주시기를!
나 아프니까
참기 힘들만큼 아프니까
오늘 이 밤을 목 놓아 실컷
통곡해야 할 것 같으니까…

흰 오브제 병렬

한 때 검은 아스팔트 위에 붉은 별처럼 빛나다가
이제 금세라도 꺼질 듯 흔들리는 촛불을
마스크만 쓰지 않았다면
헤픈 입가 들어날 사내가 오래 들여다보고 섰다

식은 채 얼마 남지 않은 냄비 끓인 물 위
죽은 어미를 냇가에 묻고 꺽꺽대는
청개구리 화상 입은 입에도
마스크가 채워져 있다

꺾인 깃발, 찢긴 플래카드 점점이 흩어진
검은 길
되돌아가야만 할 먼 길 저만치에도
내 임이 쓰다버린
흰 마스크 하나 누워있다

모두들 출구를 찾고 있다

나 역시 흰 마스크 단정히 쓰고 피사체가 된다
쭈뼛거리며 그들 틈에 끼어들어
나란히 하얗게 전시된다,

눈 내려라!

돌이켜 보면 눈은 늘 자고 있는 사이에 내렸다
하얀 눈은 분분히 내려 얼룩진 몰골도
때 묻은 맘도 하얗게 덮어주곤 했다

눈길에 나서 하얀 사람 하얀 마음으로
두어 발자국 띠어 선명하게 외로운 흔적을
남기고저 했으나
이제 눈은 내리지 않는다

개만도 못했던 그 여름이 저만치 밀려가고
이상해진 이 나라에 네 번째의 동장군이
중국 코로나 왕관 쓰고 들이 닥쳐
너나없이 뒤집어 쓴 마스크에 가려져
끝내 드러나지 않은 페르조나(persona:분장)
비열한 몰골은 그만큼 더 지저분해졌을 것이니

눈 내려라!
이 겨울에 다시

산에도 들에도 지붕 위에도 내 흰머리에도
나 헤매던 아스팔트에도 구치소 담장에도
지그재그 쳐진 폴리스라인 철책 위에도

하얗게 오랫동안
그저 온통 하얗게….

처형 단상 2

폴리스라인 쳐진 겨울 아스팔트 위에
맨발로 서서 발이 시린데
꼭 감은 눈으로도 눈가루 스며와
일찌감치 내다버린 나라걱정을 일깨우면

여기저기 찢긴 플래카드가 도망치듯 굴러가고
허공으로 스러져 버린 구호가 이명으로 남아
버리고 온 길에 아직 앉아 울고 있을 딸년같이
소스라치게 할 뭔가가 뒤돌아보게 한다

조마조마 돌아다보는 길에 흰 마스크 한 장
밖에 보이지 않는다니…

맞아!
여긴 눈길이 아니고 코로나 선별진료소

마스크 쓰고 늘어서 확진공포를 견디는 행렬
그 속에 돌처럼 내던져진 역학조사의 처형장
그러고 보니 어제
놈들한테서 출두통지를 받았었다.

아픈 이들만 사는 마을

모두 마스크로 덮힌 백색공포 아래서
눈알은 슬픔을 싣고 노여움을 담고
아직은 들고 일어나지 못하는 겁과 불안을
갓난애처럼 안고 산다

아프지 않은 사람이 없다
잘린 표피 틈새로 오래된 비밀이 비어져 나와
황급히 감아 놓은 붕대를 붉게 물들인다

아픔을 바른 이들은
모두 뒷모습이 참 안되어 보인다
마스크 속 숨 죽인 신음소리는 온통 헐벗은
제 몸에 스며들어 금간 모래시계가 된다

아직 무너져 내리지는 않았어도

마른하늘에 날벼락이라도 치면 금세
사금파리로 흩어져 버릴 듯한 울상들을 하고
수액 병 주렁주렁 매달린 지지대에 끌려 다니다가

날 저물면
저마다 중환자실 하얀 병상에 침잠한다

정치 백신을 거부했던 이들은
제대로 된 약을 처방 받으려면
아직 한참이나 있어야 한다.

미로에 내리는 가을 비 서곡

다 앗긴 후에도 몇 번이고 꺾이고 만
빛바랜 정념이
어쩌자고 봄비에 움터 오더니
아스팔트 앙상한 가로수에 열매 맺더니
땀방울로 흘러 흥건한 여름이 가다

한 때 착각 같은 환희의 누더기를 쓰고
헤매더니
그 기억을 접기 위해 태풍이 휘몰아쳐 주더니
며칠이고 장대비가 쏟아져 내렸다

어김없이 시간이 가더니
가느단 꽃 목은 단번에 떨어지더니
소리 소문 없이 가을이 다가오다

낙엽을 얹고 마냥 흔들리는 제 마음처럼
오락가락하는 가을비에 흠뻑 젖더니
오싹하더니
어느새 거울 한 하늘 아래
비에 젖어 뭉개지는 수채화로 남는다

중국왕관 바이러스에 오래 쫓겨 다니다
터무니없이 작아진 사내 하나
미로에 남겨진다.

늙수그레한 배내 잠

아무래도 뱃속엔
늙다리 구렁이가 서려있는 게 분명 합니다
뇌리엔 진즉부터 새파란 살모사가 똬리를 틀고
기회를 엿보고 있습니다

그들은 바람소리나 황소울음 소리로
내게 또 한 번의 죄행을 지시합니다

쳐 죽일 죄 가득한 피리 같은 몸으로도
굶어죽긴 싫은 것이어서
놈이 시키는 대로 또 죄업을 쌓고

어미건 새끼건 다 잡아 찢어먹은 다음
제 꼬리까지 삼킨 동그라미가 됩니다
그래선지 밤 깊으면

동그랗게 웅크리고 잠을 청합니다
아직은 써야하는 마스크 단단히 감아 쓰고

붉은 이념전장 속의 미로 헤쳐 나갈
빨간 핏줄 하나
늙수그레해진
마귀 손아귀에 감아들고.

시간 쓰레기 경작(耕作)

내팽개친 비망록 갈피 속엔
눈물 핏물 가지가지 얼룩에 번져간 글자 위로

허상일지도 모를 노여움과 미움
안타까움과 서러움의 골을 지나온 체념 같은
마음의 미로가 선명하게 그려진다

끌려나온 아스팔트에서
봄 아지랑이 여름 장맛비 가을 단풍 겨울 눈보라
다 밟고 지나와
문득 되돌아보는 시간

중국 왕관 바이러스 난무하는
2020년 12월 어느 날 오후 2시
폴리스 라인으로 가두리 친 광화문

한 귀퉁이에서 너를 만나
하염없이 하릴 없이 무정한 시간 쓰레기를
주고받는 한숨으로 경작하고 있는 것이다

쳐 죽여 마땅한 놈들이나
그래도 누가 지키랴 이 나라 국법이 지엄하니
맘 가는대로 그럴 수만은 없기에
내 마음 수첩에서 두 줄로 북북
지워 버리고 만 자들은
피에로 내 마음에 오선지를 깔고
도돌이표를 타고 오르내리며
안타까운 추회(追懷)의 춤을 강요하는 것이다

그런 저런 속에서도
시간이 세월의 옷을 입은 후엔
촛불 아래 아스팔트 균열에 갇혀있던 사랑이
흐려진 분노를 물고
꺼져가는 그리움을 끌고
퇴색한 외투를 벗고 기어 나와
주름진 뇌리에 들러붙어 피를 빨아대는 것이
회칼로 내리쳐도 죽어주지 않는 거머리처럼

무섭기도 귀엽기도 한 것임

하여, 금세 식어버릴 분노보다는
무심을 가장한 엄한 눈길로
쪼잔한 악마들이 길길이 뛰노는 꼴을
뜨거운 철판 위에 하나하나
깊이깊이 새겨두려는 것이다

흰 마스크 뒤집어 씌워져
시간 쓰레기를 뒤적이며
해내지도 이루지도 못했던 회한을 경작하는

오늘 같은 날에는.

망국 보험 신청서

가난했던 유년시절 아버지 담뱃갑 은박지로
난초를 피워 올리듯
애써 접고 꾸며온 사랑들이 어이없이 바스러질 때

작은 행복 또는 가엾도록 소박했던 환희의
기억들이 연기처럼 스러져갈 때

어느 날 난데없이 민중의 지팡이라던 게
적반하장이 되어 내 초라한 뒤통수를 내리칠 때

식구를 가득 실은 내 작은 피난 리어카를
시커먼 진압용 장갑차가 덮쳐올 때

곧 모든 게 무너져 내릴 것 같은 방정맞은
피해망상이 끔찍한 형상을 갖추어갈 때

그런 때를 대비하듯
그 어떤 보험이 필요하다

되돌아가기엔
너무 멀리 떠내려 온 지금,
뼈 시려오는 2020년 12월 어느날
얼어붙은 달그림자 아래

중국산 종이컵 바닥 구멍에 삽입하여 불 켜든
메이드 인 차이나 양초 대신에
앙상한 손가락에 불 밝혀 들고 아프게 배겨온 시간이
깨진 유리조각 되어 텅 빈 눈동자를 짓쑤시고

느닷없이 닥쳐온 중국 왕관 바이러스에 심신
파 먹히고 폴리스라인 가두리에 갇혀
마스크로 입 틀어 막힌 채 소리 내 울지도 못하면서

함께 울던 동류들 거의 다 동면에 쫓겨 들어간
사이, 야윈 등에 배신의 칼 빵을 맞고
어둠 속에 혼자 남아 고독 공포에 덜덜 떠는
외 청개구리가 되었으나

이젠 정말 뭐라도 시작해야 하리니!

철지난 스웨터를 풀어 제 새끼 털신 짜는
아낙네의 뜨개질 같이 가난하게 한 땀 한 땀
엮어 가다보면,
저 무지한 자들에겐
착한 척 해온 자들에겐
섬뜩하게 읽힐 수도 있는
그런 조그맣게 찬연하게 영원하게 빛나는
제 나라 사랑을 엮기 위해
늦었다고 포기하고 싶어진 지금에라도
그 보험, 망국보험 신청서에 서명 날인한 다음

그게 뒤집혀진 딱정벌레의 허무한 날갯짓으로
읽히고 말지라도
이젠 정말 뭐라도
무슨 짓이라도
해보지 않으면 안 되겠다는 것이다.

꿈을 꾸리라

매양 악몽에 시달리던 속에
웬일인지 꿈의 궁전을 보다

이런저런 이유로 쉽게, 아니 어렵게라도
들어가 볼 수 없었던 나의 비궁(祕宮)을
잠깐 들여다 보다

멀리 신기루처럼 보인 그곳엔
아스팔트에서 지친 내 심신 달래줄
천상의 노랫소리 들리고

녹음방초 우거진 골짜기엔
소리 죽여 울다 갈라진 내 목의 갈증
풀어줄 꿀물이 흐르고

분홍빛 커튼 뒤엔 아무 생각 없이 사나흘

애기처럼 잠들고 싶은 요람도 있었나니

꿈을 꾼 것이다
당장 풀잎 끝에 매달린 이슬처럼 스러질지라도
불에 달군 쇠꼬챙이가 눈알을 후벼 파오더라도
나 혼자 만의 꿈은 언제라도 맘껏 꿀 수 있음을
나 이제 아노니

이젠 언제라도
나 외로울 때

주변 모든 사람들이 나를 등질 때
둘러보아도 아무리 둘러보아도
같이 아스팔트에 나섰던 이들이
모두 중국 왕관 코로나 공포에 말려들어
깨끗이 청소되어 사라지고 난 후임을 알고
울고 싶을 때

그 꿈 속 나만의 비궁에서
아기처럼
잠들 수도 있을 터이니.

패자의 노래

처음부터 이길 수 없는 싸움을 해왔다는 것이다

비겁하고 나약한 자신을
애써 돌이켜보려 하지 아니하고
여기가 몹시 기울어진 운동장이라거나
저들의 간악한 무쇠 심장을
너무 알지 못했다거나
사람이 먼저라 했으니
같은 사람을 더 어쩌랴 싶었다거나

뭐 그런 따위…
누추한 변명의 이불을 쓰고
더러운 늪 위에 누었으니

완벽하게 지고 다 빼앗기고 나서도

머리에 난 총구멍에 제 손가락 집어넣고
아직은 죽지 않았다는 듯
두리번거리기만 하고 있는 것이다

피 먼지가 나도록 얻어터지고
터진 데를 또 걷어차여 쓰러져 누웠으되
패자는 끝내 피눈물을 눈에 담지 못하고
아무 의미도 없는 맹물 같은 눈물 속에
넋두리를 일삼고 있음이니…

더 아파야 한다
피 칠갑을 한 몸에 소금이 뿌려지고
동료의 눈을 쑤신 벌건 죽창이
제 눈에 틀어박히는 꼴을 지켜봐야 한다
정말 많이 아파서
풀처럼 늘어진 지렁이도 놀라 소스라치도록
아파야 한다

그러고 나서 노래하라!
져 버렸으되, 철저히 망가졌으되
더 이상 잃을 것도, 더 아파할 무엇도 없는

칠흑 같은 저 어둠의 골짜기 밑바닥에서
석 달 열흘 넘어 내린 장맛비 홍수
쓸고 지나간 뒤
하나 둘 솟아오르는 죽순의 영기를 배워
눈물 나는 패배의 미학을 담아
패자여 노래하라!

이제 다시 아픔을 딛고
이제야 말로 다시 태어나
모든 걸 다시 시작해 보자고!

내게 돌 던지지 말라

네가 만든 진창길에 빠져
네가 만든 암흑 속에 빠져
칠 벗겨진 피노키오 인형처럼 나뒹군다

평생 남 걱정을 해 본 일이 없는 너의
눈물겨운 배려에 따라 격리 수용 당한다
우선 지나온 길, 만난 사람들 전부 고한 뒤
역학조사의 불안한 결과를 기다린다

폴리스 라인 가두리에 갇힌다
네가 시키는 대로 KF-94 마스크 단단히 쓰고
줄 선다
네가 시키는 대로 왼팔 어깨까지 걷어 올리고
AZ 독침이 찔러드는 공포에 대면 한다
여기서는 사회적 거리두기도 무시된다

이리 몰리고 저리 몰리다가 장기판에서 따먹힌
졸(卒)처럼 여기저기 내팽개쳐 쓰러져도
우리는 울지도 못하고
그것만은 맘대로 할 수 있는 내 눈을 감는다
눈을 감아 이 비열한 시대를
이 비겁한 시간을 접고
제 무릎 안고 퇴행의 그네를 탄다

찢긴 낙엽처럼 군데군데 헤진
우리의 시간을 첨부터 곱씹어 보는 게다

그러나, 그러나 말이다 너희들
내가 양처럼 순하게 그냥 하라는 대로
다 한다하여
폭신한 털북숭이 순한 양 같아 보인다하여
내게 아무거나 던지지 말라

너의 돌 같은 대가리나
너의 쇳덩이 같은 인면수심의 모난 조각들
너의 독침 같은 이빨 조각 같은 걸 함부로
내게 내던지다가는…

너의 껍데기 만 딱딱한 흉기들은
폭신한 내 양털 위가 아니라
바위처럼 굳어간 내 맘에
수없이 담금실 된 내 뇌리에 부딪혀
네가 먼저 유리그릇처럼 산산이
부수어져 내릴지도 모름이니
아니 반드시 그리 될지니

내게 돌을 던지지 마라
내게 증오를 내던지지 마라
내게 사랑도 그 아무것도 던지지 말라!

촛불 위 별이 빛나는 밤에

중국산 촛불은 오래도 간다
실바람에도 꺼져버리면 자꾸 불붙여 대니
이 암울한 시간 속에선
오래 잘 타는 것 같아 보인다

메이드인 차이나는 싸긴 해서 인지
떼로 모여 중국 몽(夢)을 꾸기 위해선지
참 많이도 사들여 쌓아 놓았다

촛불은 새빨갛기만 했지
그 안에 서릿발 시퍼런 화심(火心)은
일지도 보이지도 않는다
그을음이 심해 들고 늘어선 자들의 윤곽을
금세 몽롱하게 만들어 버린다

새하얀 밀랍이 아니어서
칙칙한 회색 재앙을 부를 것 같은
예감들이 고추 선다
그러니 가뜩이나 중국 발 미세민지에
흐려진 달빛은 촛불에 덧 그을려
검붉게만 변해 가는 것이다

점점이 늘어선 촛불의 선동 공포를 타고
자의 반 타의 반 꼭대기까지 날아오른 자는
눈이 큰데, 큰 눈만큼 겁쟁이 같아 보인다
그래선지 공수부대 얼룩무늬 위장복과
색동 꼬까옷을 번갈아 입는다

그의 선택적 분노와 치하(致賀)에 길들여져
그를 받드는 체하며
그자의 말을 잘 알아듣는 척하며
기실은 자신의 욕심을 담아 주제 넘는 혁명을
그리고 싶은 철부지 망상들이
붉은 적폐 일렁이는 아스팔트를 어슬렁댄다

그래선지 한 번도 경험해 본 적 없는 이상한

일들이 자꾸 생겨나 이상했던 지난 일들을
지우고 덮어간다
웬만한 것들은 다 중국 왕관 바이러스에 먹혀
죽어간다
KF 마스크에 덮여 질식해 간다

그런저런 사이에 아직 없어져선 안 되는 것들이
많이도 사라져간다
그리운 얼굴들도 흐려진다
정치 승냥이 이빨에 찢겨 발려지고
그래선 안 되는 이들의 외면과 등 돌림에
무색해지고
무력하고 비겁했던 자괴감에 스스로 멍들어
동백꽃처럼 떨어져 흐트러져 간다

풀잎 위 이슬같이 스러져간 이들의 恨이
하나 둘 소리 없이 승천하여
찬 하늘에 점점이 박혀간다

검푸른 하늘에 별이 된다

중국 발 미세 먼지 가득한 밤하늘에서도
점점이 늘어선 음울한 촛불 위에서도
그 별들은 눈부시게 빛난다

나는 괜스레 눈물 머금는다
그 별이 빛나는 밤에….

배덕(背德)의 뜰에도 봄은 오는가?

이 빠진 톱니바퀴를 드문드문 밟고
삐걱대며 휘돌아온 배덕의 시간

그리 멀지도 않은 길을
죄와 벌을 나누는 철책으로 접어 만든
미로에서 종일을 헤맨다
벌써 몇 년째

그 길에도 눈 온다

차가운 눈길에 맨발보다 더 시린
마음을 찢는
이 잔인한 겨울이
거짓된 팩트(fact)를 쪼다 깨진
까마귀 입부리에 물려

한마디 가짜뉴스처럼 허망하게 멀리
달아나고 말면

비어버린 마음만큼이나 휑한
내 노년의 뒤뜰에도
내 아기 발같이 예뻐
좀처럼 놓치고 싶지 않은
시간이 찾아와 봄도 되고

그래서 오욕에 쪼그라든 내 주둥이로도
감히 깨물어 먹고 싶은 봄 치맛자락이

이 배덕의 뜰에 지쳐 누운
내 앞에도 과연
언젠가는
포근하게 펼쳐져 줄 것인가!

붉은 장막의 뒤안길에서

저들은 오래 전부터 곳곳에 숨어들어
엿처럼 눌어붙더니
독하게 세를 불리더니
땅벌 집 짓듯 공들여가며
시커멓고 커다란 장막을 짜온 것이다
겉과 속이 다른 천으로

장막으로 가려진 세상의
주인행세를 시작한 저들은
아직 대낮임에도
어두우니 불 밝혀야겠다며
중국산 양초를 주워 모으더니
어느새 산더미처럼 쌓인 촛불 밝혀들고

나처럼 때 묻은 양떼들이 양지에서 조는 사이

여기저기 곳곳마다 스물스물
그 두터운 장막을 치기 시작하더니
세상을 온통 그 장막으로 가르고
가둬버린 것이나

저들이 하라는 대로 마스크 뒤집어쓰고
줄지어 앉아 얌전히 설교를 듣노라면
곳곳에 드리워진 장막 겉표지엔
붉은 조화 꽃이 흐드러지고
생철로 만들긴 했으나 예쁘게 색칠한
벌 나비가 나르고
매 부리를 한 회색 비둘기가
평화의 날갯짓을 치기도 하는 것이나

하라는 대로 하지 않는 나 같은 것들은
두 겹 세 겹 KF 마스크로 입 봉해지고
보이지 않는 석고붕대로 손 발 묶여
검은 장막 뒤편에 버려진다
불 살러 버려야 할 적폐의 장작개비로 쌓여간다

급기야 연기만 내며 타다만 장작처럼 된

나 같은, 무엇보다 먼저라던 '사람'들은
여기저기 무더기 지어 온통 검댕 투성이
드문드문 잿빛 얼룩진 장막 뒤편에서
비열했던 어제를 울고
말없이 끌려간 임을 그리고

그러다 옆에서 중얼대는 놈
한숨짓는 놈들 다 꼴 보기 싫어
네 탓 내 탓 욕을 하고 쥐어뜯으며
저들에겐 못하는 포악한 악다구니를
제 편에다 퍼부어대는 것이다

아! 지금에 와 돌이켜보니
그 편했던 시절, 그 좋았던 시간들
다 사라지고
나 지금 말 못하는 어린애로 퇴행되어
그냥 꺽꺽 우노니

이 장막에 가려져
누구도 알아보는 이 없는 사이에
다 빼앗겨버린

내 노년의 장막 그 뒤안길에도
그날은 오는가?

그냥 아무 욕심 없이
아무것도 바라지 않고 어린애처럼
마냥 웃고 떠들며 야단맞고 울곤 하던
그러면서도
그냥 따뜻해서 좋기만 하던

그 날은 다시 오려는가?

꽃은 그대로

꽃이 흔들린다
아니 꽃은 그대로다
내 눈동자가 흔들린 거다

꽃이 아프다
아니 꽃은 그대로다
내 세뇌당한 머리가 잘못 안거다

꽃이 시든다
아니 꽃은 그대로다
내 눈이 감겨져 바로 보지 않은 게다

꽃이 떠나간다
아니 꽃은 그대로다
내 맘이 떠나가려 했던 것이다

꽃이 떨어진다
아니 꽃은 그대로다
내 눈이 빨간 죽창에 꿰뚫린 것이다.

내가 더 아픈 것은

양반이란 것들이 따귀를 치면 피하지도 못해 온
우리네는 뺨을 맞아도 은가락지 낀 손에
맞는 것이 좋다며 恨을 쌓아 왔거니와

내가
녹 쓴 못에 발바닥을 찔려도 소리 내 울지 못하고
다섯 마리 이상 모이면 당장에 끌려가고 마는
던적스러운 세상 때 타고 마스크 들씌워져
더 초라해 보이는 회색 羊일지라도

우리를 핍박해대는 존재의 그림자가
무서운 위엄을 갖춘 사자나 하다못해
피 먼지투성이 손에 반지 낀 하이에나도 아닌
그냥 겁 많은 개라면…

옆 동네 개들에게도 제대로 된 대접을 받지 못하고
쭈뼛거리다 서둘러 도망쳐 와서는
괜스레 아무 죄도 없는 우리를 줄 세워놓고
잡아먹을 듯 왈왈 짖어대는
그런 개라면…

그게 더 아픈 것이리라

그래서 내가 어젯밤도 끝내 잠들지 못하고
낑낑대며 앓았나보다

그러면서 새삼
새끼 걱정에 고생 고생한 죄로 끌려가 못 박힌
어미가 차마 그리워
긴 밤을 소리죽여 꺽꺽 울었나보다

이빨 앙다물고….

5월 바람에 실어

밤을 지나 여명으로 달려가는 길목에서
오늘 같이 서늘한 바람을 맞으면
헝클어진 백발에 깃든
아픈 기억들이 씻겨 내린다

꽃을 시샘하는 마음으로
춘삼월에도 모질게 불던 바람이
흐드러지게 핀 꽃 목을 쳐내
우수수 꽃비를 뿌리더니
점점이 늘어섰던 촛불을 끄고
텅 빈 가슴을 뚫고 휙 지나간다

이 또한 지나갈 바람의 허허로움을 배워
내 마음의 거미줄 같이 서려있던
너를 지운다

꼭꼭 접어왔던 마음 종이 위에
너의 충혈 된 눈과
헤픈 입가에 만들어 달던 미소를
분칠 벗겨진 민낯을 쓱쓱 그리고
쉽게 내뱉곤 하던 사랑의 맹세와
더불어 살자던 빈 약속을
낙서처럼 써 넣는다

잘게 찢는다
바람결에 날려 보낸다

잔인한 4월을 듬성듬성 넘어와
서늘하게 부는 이 5월 바람에
너와의 아픈 기억도
상처투성이 내 마음도
다 잘게 찢어 띄워 보낸다.

이제 너를 버린다.

퇴행 프로그램의 에필로그

시를 쓰지
못하게 되더니

말도 할 줄
모르게 되더니

문드러진 이 여름을
밤새 울더니

기저귀로 백기를
만들어 내 걸더니

그제야 방긋 웃는 것이다.

울분의 시적 승화 또는 미학

이창봉(시인/중앙대 예술대학원 교수)

손우석 시집인 『아스팔트 위의 퇴행 일기』을 관통하는 주제적 사고는 울분(embitterment)'의 시적 승화 또는 미학이다.

보통 사람의 언어적 생활 속에서 울분은 땅에 떨어져 사라지거나 공중에서 흩어져 버릴테지만 손우석 시인의 울분은 시적 승화와 미학적 옷을 입고 우리 앞에 다시 선다. 시인의 벼랑 끝에 선 감정들이 위험하게 느껴지지 않는다. 나의 이야기처럼 순응하며 귀를 열게 한다. 마음을 열게 한다. 그런 매력이 가득한 시들이다. 낯선 용어로 들리는 시어들이 보이지만 전혀 다른 세상의 사유가 아니고 나와 가깝고 친하게 느껴진다.

이 시집이 담고 있는 시적 매력은 바로 이 점이다. 아주 특별한 삶의 경험에서 쌓인 신념, 의식이 아주 형편없이 사라지고 무너질 때 무기력하게 바라볼 수 밖에 없었던 울분의 잿빛 회상들이 읽는 이의 뇌파를 감전시킨다.

그리고 손 시인의 시들은 감정을 직설적으로 토로하고 비애가 담긴 어조를 구사하고 있다. 거칠게 느껴지는 시어들이 날 것으로 그냥 가슴에 쌓인다. 시인의 마비되고 굳어진 넋이 시를 통해 다시 살아나는 것을 느낀다.

예를 들어서 이 시들은 프랑스의 시인 보들레르의 시 '우울'에 나오는. '내겐 천년을 산 것 보다 더 많은 추억이 있다"라는 시어의 울분─ 절망─ 승화로 이어지는 발걸음을 많이 닮아 있다. 보들레르는 낭만주의의 부자연스러운 꾸밈을 버리고 대부분의 시들이 마음 깊은 곳에서 종교적 믿음 없이 신을 추구하는 탐구자로서의 사유를 보인다. 손 시인의 다음 시를 읽어 보자

쉬이 끊이지 않고 이어지는
이 암울한 날들에
보일 듯이 보일 듯이 보이지 않는
나올 듯이 나올 듯이 나오지 않았던

그래도 분명 실존해야만 하는
그것은
얼어붙은 달그림자 아래 웅크린 거지 깡통에
땡그랑 떨어져 꿈처럼 돌아가던 은화
얇은 등 뒤에 감추고 빼앗기지 않으려고
기를 쓰다 치마 단이 찢겨나간
가난한 아이의 바비 인형

겨울을 싣고 가는 달구지 한쪽 구석
처형을 감지한 돼지 목에 걸어준
진주목걸이

용케 벗겨지지 않은 분장에
스스로 질려버린 개
그 발에 신겨준 꽃 신

또는
육시를 할 도둑놈이 훔쳐와
차지도 팔아먹지도 못할
물방울 다이어

그래서…
울지도 못할 아픔이나 병
또는 깊어가는 겨울 밤
또 하나의 죽음 같은

온통 먹물 같은 저 너머에서도
끝내 귀여운 새 알처럼
서서히 붉게 솟아오르고야 말.
– 희망 아니면 사랑 또는 너 중에서

　이 시는 시인의 깊은 시적 성찰에서 얻어진 나에 대한 관
찰, 의식이다. 느끼는 마음 속 깊이 침전되어 굳어 버린 암
울, 병, 죽음의 추억을 인지하는 것은 시인의 울분에 대한
회피가 아니라 목도고 울분에 대한 처절한 저항으로 다가온
다. 시인의 지난 추억 속에 켜켜이 쌓인 울분이 무엇일까?
그런 질문을 마음 속에 담고 시를 읽다 보면 마주하는 시
한 편이 있다. 바로 이 시다.

민주개화 된 대한민국 사람들이여!
그만 웃어 주시기를!
나 아프니까…

참기 힘들만큼 아프니까…
오늘 이 밤을 목 놓아 실컷
통곡해야 할 것 같으니까…

― 시일야방성대곡(是日也放聲大哭), 외전(外傳) 중에서

　이 시를 읽다 보니까 오랫동안 지켜온 삶의 나침반이 고장난 것처럼 흔들리는 것을 느낀다.
　시인이 평생을 몸과 마음을 바쳐서 지켜온 대상, 신념이 무엇인가는 중요하지 않다. 시인이 바라보고 느끼는 그 울분의 지점으로부터 번져오는 물감처럼… 때론 감전되어 오는 그 깊고 묵직한 울분의 의식과 시어들이 낯설지만 아름답게 느껴진다.
　시인의 의식은 그 울분의 자각에 대한 회피로 옮겨 간다. 울분을 가지고 세상을 산다는 것이 얼마나 힘든 일인가? 차라리 울분의 지각에서 나를 폐한다면 그 울분은 나로부터 떠나지 않을까? 이 시를 읽다 보면 시인의 마음에 공감이 되고 만다.

양양가건 임을 위한 행진곡이건 다 지워버리고
조금은 편해진 세상을
눈 감아 다시 한 번 접고

스스로 폐한다.
– 어딘가 좀 편한 데로 숨기 중에서

시인의 마음은 어디로 가는 걸까? 마음의 여정이 궁금하여 다음 시를 읽다 보면 시인이 자신의 자화상을 쳐다보며 그것도 아주 잠깐 자기연민을 가지고 자신을 들여다 본 것을 알수 있다.

내 허름한 사립문을 들추고
그 놈이 힐끗 들여다 본 것 같소.
– 사립문을 들추는 손 중에서

그리고 시인은 박제가 되어 버린 늙은 새=나를 발견한다. 애써 외면하려고 돌아 왔던 길이었지만 그만 자기와 만나고 만다. 그것이 시인의 숙명이다. 바늘이 심장을 찌르는 듯 아픈 현실 속에서 자신을 잊고 싶을 만큼 고통스러운 현실 속에서 힐끗 나를 보고 박제가 되어 버린 나를 만난다. 이 시를 읽다 보면 누구든 피할 수 없는 나의 숙명을 찾는 여정을 생각하게 한다.다음 두 시 박제된 사랑 노래, 노회한 허수아비가 바로 내가 발견한 진정한 나다. 불쌍하지만 다시 끌어 안고 떠나야 하는 나의 연민이다.

놈들 대신 제 살을 뜯어 먹고
흘린 피 제 몸에 발라
스스로 박제가 되어버린
늙은 새를 아시나요?
– 박제된 사랑 노래 중에서

허수아비 쓰다 버린 모자 주워 머리에 얹고
자신은 그냥 서 있는 무생물이라고 떠들며
애써 퇴행열차에 몸 싣는

늙은 애기 허수아비.
– 노회한 허수아비 중에서

　　그리고 시인은 가을 억새가 되어 시처럼 늙은 새처럼, 늙
은 애기 허수아비처럼 보이는 나를 보며 사립문 뒤편에 기
대어 운다.

내 마음의 사립문 뒤편에 기대 울며
가을을 부르는 너.
– 가을 억새나 되어 중에서

그리고 시인이 발견한 것은 이 울분과 자기 연민을 뒤집고 살아가는 법을 배운다. 마치 숨 끊어진 후에야 배를 뒤집는 금붕어의 철학.

다 빼앗긴 절망의 수조 안
분노 후에 찾아드는 슬픈 수용을 배웠는지
죽은 듯 산 듯, 도사인 듯
붉거진 눈일망정 핏발 세우지 않고
숨 끊어진 후에야 배 뒤집는 금붕어의 철학
– 외눈박이 금붕어의 헤엄질 중에서

그리고 시인의 아래 망국 보험신청서 시처럼 무슨 짓을 생각한다.

그게 뒤집혀진 딱정벌레의 허무한 날갯짓으로
읽히고 말지라도
이젠 정말 뭐라도,
무슨 짓이라도
해보지 않으면 안 되겠다는 것이다.
– 망국 보험 신청서 중에서

퇴행 프로그램의 에필로그는 이 시집의 주제를 잘 말해
주고 있다. 시인은 밤새 울던 추억의 한 페이지를 다시 방
긋 웃는 듯 시를 연다. 그리고 패자의 노래처럼 다시 시작
하자고 자신을 다독인다.

시를 쓰지
못하게 되더니

말도 할 줄
모르게 되더니

문드러진 이 여름을
밤새 울더니

기저귀로 백기를
만들어 내 걸더니

그제야
방긋 웃는 것이다.
－퇴행 프로그램의 에필로그 중에서

그러고 나서 노래하라!
져 버렸으되, 철저히 망가졌으되
더 이상 잃을 것도, 더 아파할 무엇도 없는
칠흑 같은 저 어둠의 골짜기 밑바닥에서
석 달 열흘 넘어 내린 장맛비 홍수
쓸고 지나간 뒤
하나 둘 솟아오르는 죽순의 영기를 배워
눈물 나는 패배의 미학을 담아
패자여 노래하라!

이제 다시 아픔을 딛고
이제야 말로 다시 태어나
모든 걸 다시 시작해 보자고!
– 패자의 노래 중에서

    이 시집은 아주 독창적이다. 시 한편에 담긴 주제를 찾다가 보면 시집 전체가 가지는 주제와 통찰력을 잃게 된다. 이 시집은 바로 시인의 의식의 흐름을 따라 가며 읽어 가야 한다.
    그럴 때 독자는 자기 마음속의 울분과 회한과 연민과 부활의 여정을 공감력을 가지고 느끼게 된다. 시가 가지는 특

질 중에 카타르시스가 있다. 손 시인의 울분의 시적 미학이 독특하고 공감력은 독자의 카타르시스를 느끼게 한다. 바로 독창성과 울분의 여정이 시적으로 승화되었기에 가능한 일이다. 오랜만에 독특하고 아름다운 시를 읽었다.

손우석의 시선 ②

아스팔트 위의 퇴행 일기

지은이 | 손우석
만든이 | 최수경
만든곳 | 글마당
책임 편집디자인 | 정다희

(등록 제02-1-253호, 1995. 6. 23)

만든 날 | 2021년 5월 2일
펴낸 날 | 2021년 5월 25일

주소 | 서울시 송파구 송파대로 28길 32
전화 | 02. 451. 1227
팩스 | 02. 6280. 9003
홈페이지 | www.gulmadang.com
이메일 | vincent@gulmadang.com

ISBN 979-11-90244-19-0(03810)   값 13,000원